1ª edição

galera
RECORD

Rio de Janeiro / 2012

CIP-BRASIL. CATALOGAÇÃO-NA-FONTE
SINDICATO NACIONAL DOS EDITORES DE LIVROS, RJ

R696v

Rosa, Sonia, 1959-
 Vovó Benuta / Sonia Rosa; [ilustrações de Anna Bárbara Simonin e Marília Bruno]. - Rio de Janeiro: Galera Record, 2012.

 ISBN 978-85-01-09794-1

 1. Ficção infantojuvenil brasileira. I. Bárbara, Anna. II. Bruno, Marília. III. Título.

11-7095. CDD: 028.5
    CDU: 087.5

Copyright © Sonia Rosa, 2012

Texto revisado segundo o novo Acordo Ortográfico da Língua Portuguesa.
Todos os direitos reservados. Proibida a reprodução, no todo ou em parte, através de quaisquer meios. Os direitos morais do autor foram assegurados.

Ilustrações de capa e miolo: Marília Bruno e Anna Bárbara Simonin
Composição de miolo: Marília Bruno e Anna Bárbara Simonin

Direitos exclusivos de edição reservados pela
EDITORA RECORD LTDA.
Rua Argentina, 171 - Rio de Janeiro, RJ - 20921-380 - Tel.: 2585-2000.

Impresso no Brasil
ISBN: 978-85-01-09794-1

Seja um leitor preferencial Record.
Cadastre-se e receba informações sobre nossos
lançamentos e nossas promoções.

EDITORA AFILIADA

Atendimento e venda direta ao leitor:
mdireto@record.com.br ou (21) 2585-2002.

Para minha amiga Licia Maciel Hauer
com carinho e admiração

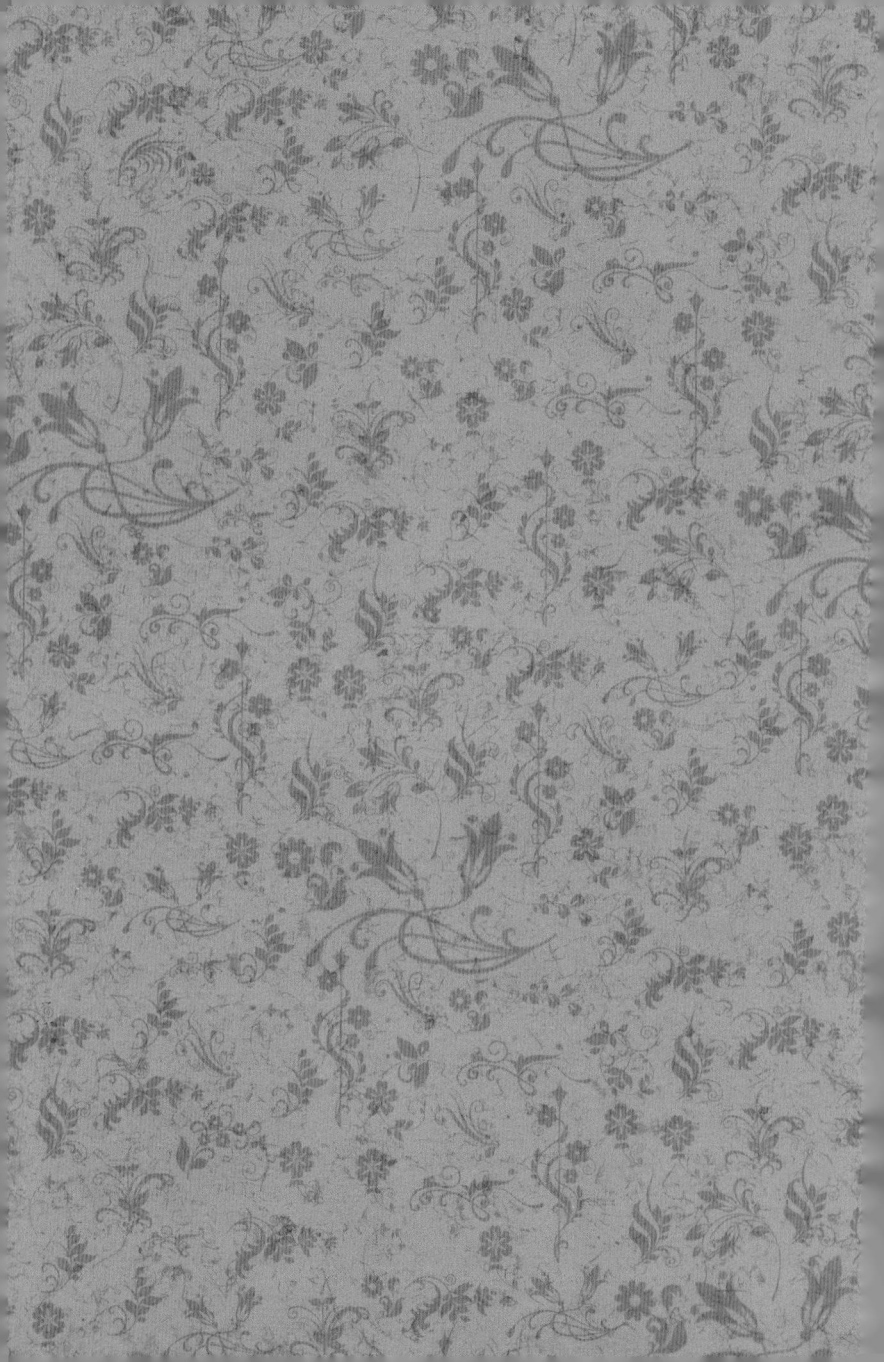

Era um outro tempo. A vida e as pessoas andavam mais lentas e o dia rendia muito mais.

As tardes eram enormes. As crianças dormiam depois do almoço e ainda sobrava um tempão à tarde para brincar até cansar.

Poucas mães trabalhavam fora. Elas ficavam em casa cuidando dos seus filhos.

As frutas, os legumes e as verduras eram comprados na quitanda e todo mundo sabia quem tinha plantado e quem tinha colhido.

As pessoas não tinham medo de ajudar os desconhecidos. Ninguém ficava assustado com gente nova que aparecia de repente no bairro.

Naquele antigamente, muitos preferiam dedicar mais tempo conversando com as outras pessoas a ficar sozinhas com os seus próprios pensamentos.

Os vizinhos eram quase parentes. Viviam atualizando as notícias uns com outros. E estavam sempre prontos para ajudar em caso de uma necessidade ou emergência. A qualquer hora do dia ou da noite se podia contar com um vizinho. Isso dava uma sensação de aconchego e de tranquilidade.

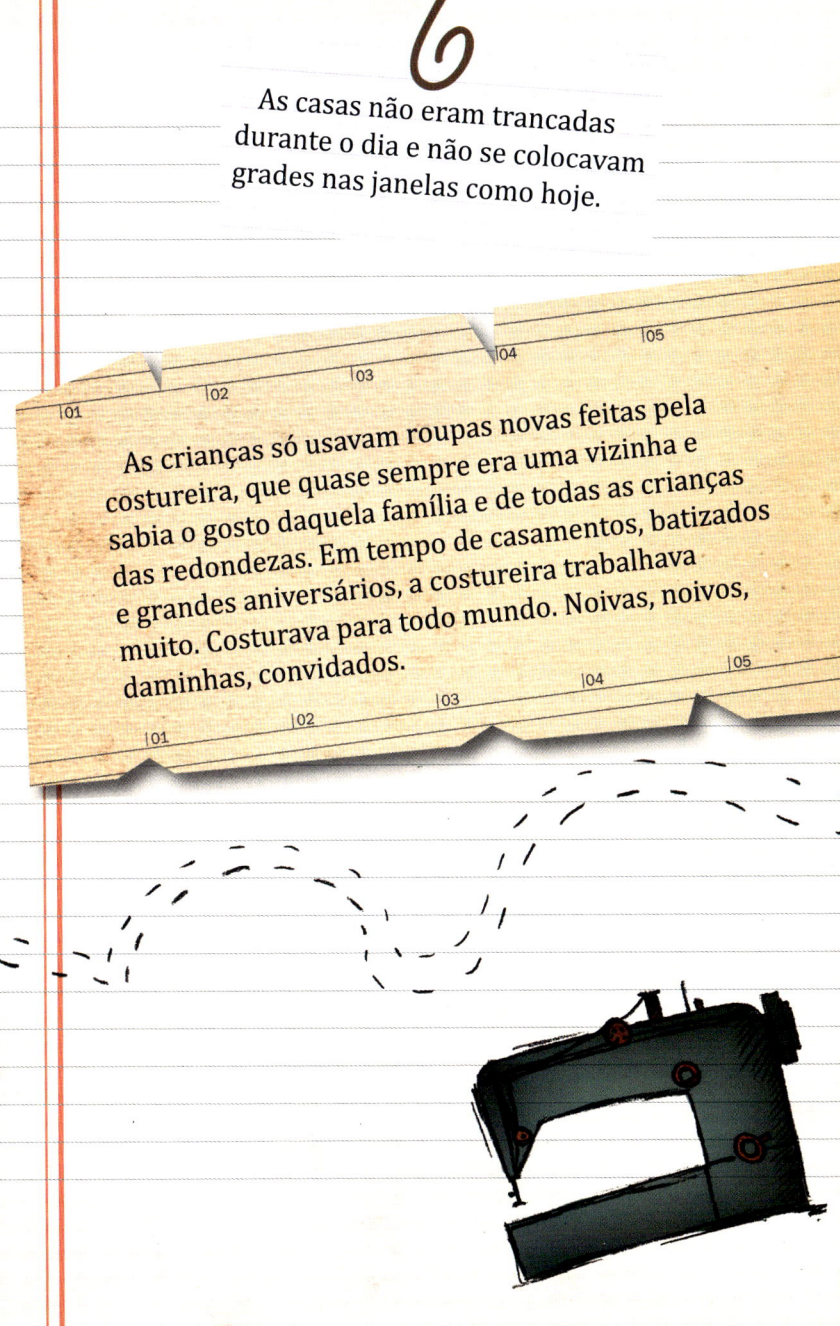

As casas não eram trancadas durante o dia e não se colocavam grades nas janelas como hoje.

As crianças só usavam roupas novas feitas pela costureira, que quase sempre era uma vizinha e sabia o gosto daquela família e de todas as crianças das redondezas. Em tempo de casamentos, batizados e grandes aniversários, a costureira trabalhava muito. Costurava para todo mundo. Noivas, noivos, daminhas, convidados.

Nas festas desses tempos se serviam comidinhas de verdade. Carne assada, farofa, maionese (feita em casa) oferecidas em pratinhos.

Nesses tempos distantes, um olhar da mãe ou do pai, bem lançado para uma criança, resolvia mais do que mil palavras.

Mas uma coisa não se apagou com o tempo: uma casa cheia de crianças sempre foi uma casa cheia de alegria.

A casa da minha avó Benuta era uma casa cheia de alegria porque muitas crianças ficavam por lá.

O trabalho era intenso. Mas em cada sorriso minha avó encontrava uma compensação. O nome verdadeiro da minha avó era Benevenuta. Mas todo mundo a chamava de Vovó Benuta. Quantos abraços ela dava ao longo do dia nas crianças que viviam espalhadas pelo quintal, pela sala, pelos quartos...

Ela amava os pequenininhos. Sempre dizia que a amizade mais sincera do mundo era a amizade de uma criança. Dizia também, toda orgulhosa, para todo mundo que passava pelo nosso portão que a sua casa era o "Paraíso das Crianças".

Vovó tinha razão. A sua casa era mesmo um paraíso para qualquer criança e para as mães também...

Vovó Benuta ficou muitos anos sem morar com ninguém. Suas meninas casaram cedo e foram logo embora. A casa ficou enorme e ela ficou sozinha. A saudade era sua companheira de todos os dias. Cada filha foi para um canto da cidade. De vez em quando a família toda se reunia e tudo se transformava numa grande festa. Quando elas iam embora com seus maridos e suas crianças, Vovó Benuta chorava baixinho...

6

Foi num repente que as suas meninas resolveram voltar a morar com Vovó Benuta. Uma atrás da outra foram chegando devagar e trazendo suas famílias. A casa foi se enchendo de gente.

O coração da vovó ficou transbordando de felicidade!

Ela ficou muito orgulhosa do decidido. Agora, as filhas e os netos estavam morando com ela. Eles não seriam mais visitas e ela não teria mais a "saudade" como companheira de todos os dias para ajudá-la a contar o tempo... Vovó Benuta recebeu a novidade como um grande presente.

— Qualquer mãe ou avó gostaria de ganhar um presente como este! — dizia toda animada.

Na sua casa cabia todo mundo: as três filhas com os maridos e os seus netinhos. Ao todo eram nove crianças. Cinco meninas e quatro meninos. A mais velha ainda não tinha dez anos e a caçula era ainda um bebê.

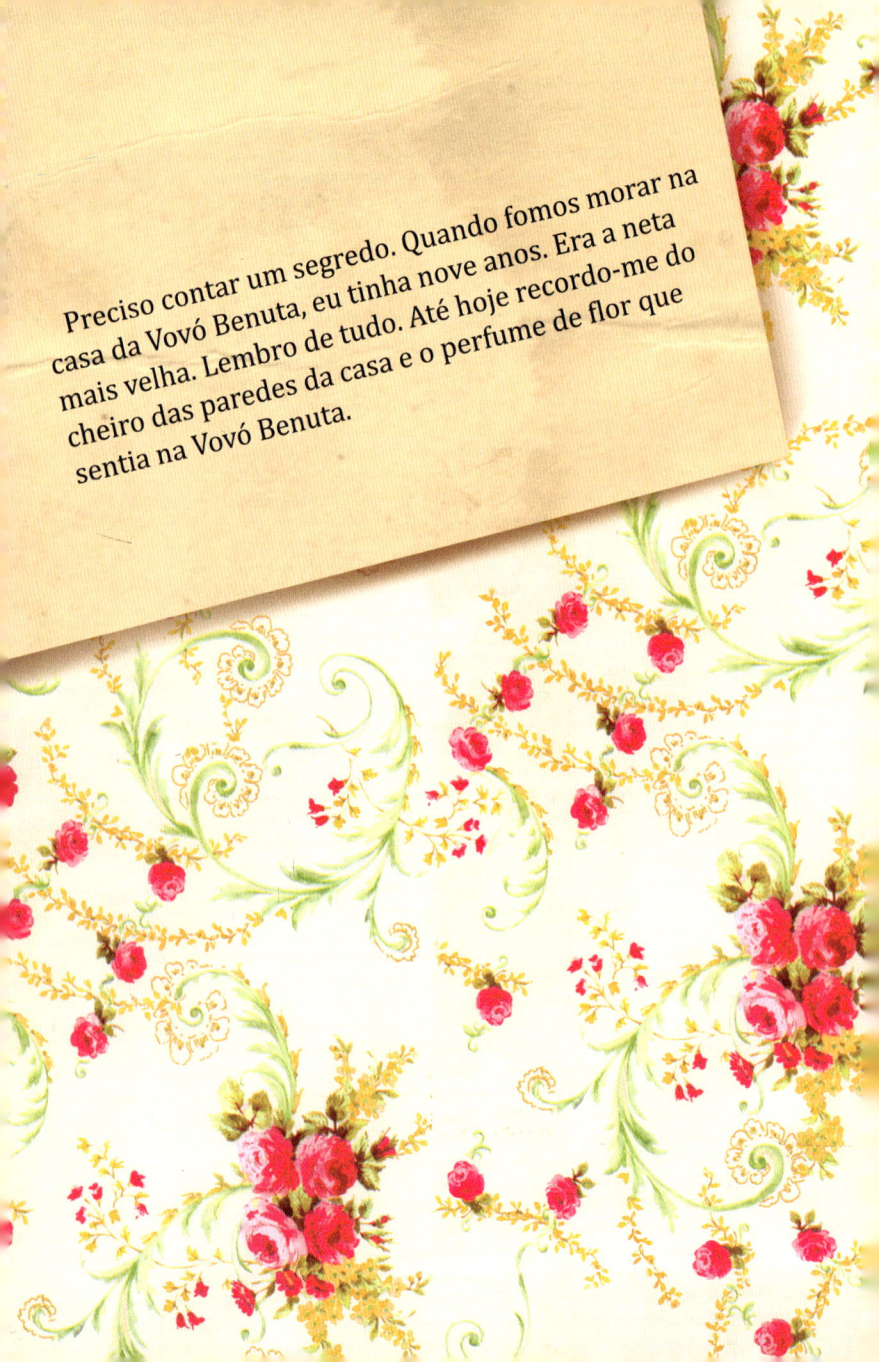

Preciso contar um segredo. Quando fomos morar na casa da Vovó Benuta, eu tinha nove anos. Era a neta mais velha. Lembro de tudo. Até hoje recordo-me do cheiro das paredes da casa e o perfume de flor que sentia na Vovó Benuta.

Delicioso feijão da vovó

Você só precisa de:

- 2 amor
- 1/2 dedicação
- 3 carinho
- 1 dose bom humor

O meu pai e os meus tios trabalhavam numa fábrica bem pertinho de casa. Eles chegavam para almoçar ao meio-dia em ponto. As mulheres trabalhavam em casa, lavando e passando roupas, cuidando das crianças e ainda fazendo bordados em toalhas, almofadas, panos de prato. Alguns eram vendidos para ajudar nas despesas. A Vovó Benuta fazia a comida. Ela adorava cozinhar. O seu feijão tinha um cheiro tão gostoso que invadia a casa toda.

Cozinhar era a sua tarefa. E fazia isto com amor e contentamento.

As mulheres, incluindo a minha mãe, se revezavam entre cuidar das crianças e as outras tarefas. Cuidar das crianças queria dizer, também, brincar com elas. E esta era a parte mais divertida.

No quintal tinha balanço, corda pra pular, bola, petecas e um baú cheio de bugigangas para montar e imaginar... Até com barro era permitido brincar. Mas tinha que lavar bem as mãos antes de entrar em casa. Havia uma pequena torneira num cantinho do quintal. Vovó Benuta não gostava de casa bagunçada. E todo mundo sabia disso. Havia uma regra familiar inviolável: os mais velhos deveriam cuidar dos mais novos. Era preciso ficar sempre atento para que alguma criança pequena não fizesse besteira ou mesmo para um desentendimento entre os primos. Mas ninguém ficava se sentindo vigiado como se fosse um soldado no quartel...

Um dia a vizinha da frente ficou doente e pediu ajuda à minha avó. A doença era uma gripe forte que a deixava com o corpo todo mole, sem vontade de fazer nada. Pediu pra Vovó Benuta cuidar dos seus dois meninos durante o dia enquanto ela ia ao médico.

Após esse dia, mesmo depois da vizinha ter ficado boa de vez, os meninos não saíram mais lá de casa. E quem disse que a vizinha se importava com isso?

Ela até ia lá para casa ficar com a minha mãe e as minhas tias. Ficava bordando enquanto as crianças brincavam. De vez em quando ajudava a preparar os lanches.

A moça da padaria, que sempre vivia sorrindo para todo mundo, de repente perdeu o sorriso. Atendia aos fregueses com lágrimas nos olhos. Logo ficamos sabendo sobre sua tristeza. Sua mãe, que cuidava de sua filhinha de quatro anos, precisou ir embora para outro estado e ela iria parar de trabalhar na padaria naquela mesma semana para ficar com a menina, porque não tinha com quem deixar a garota.

— Não fique triste assim — ouvi minha avó falando para a moça da padaria com os seus olhinhos brilhando de um jeito muito especial.

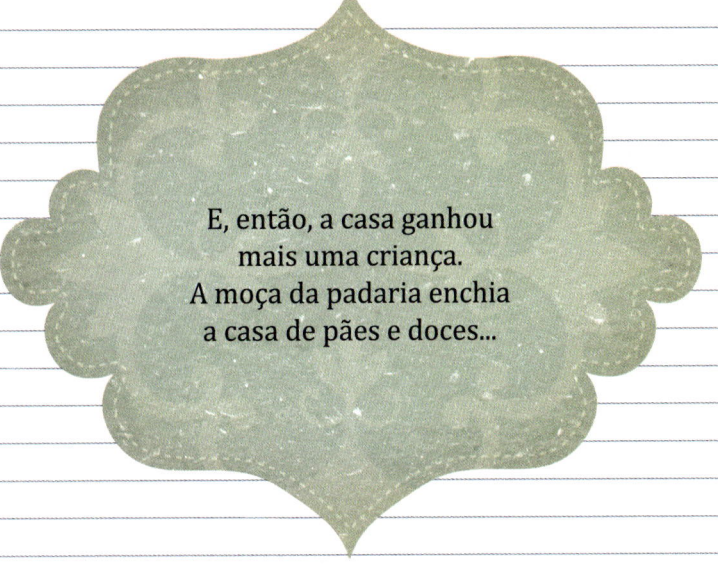

E, então, a casa ganhou
mais uma criança.
A moça da padaria enchia
a casa de pães e doces...

Ninguém soube explicar como aconteceu. De tempos em tempos chegava uma criança para ficar um pouquinho na minha casa. Os pequeninos chegavam sempre acompanhados de uma história.

Às vezes porque era uma criança que vivia triste e isolada sem outras crianças por perto para brincar.

Outras vezes porque a mãe estava fazendo um curso e não podia levar os filhos.

Ou então alguma situação de parto. Uma mãe que ia ganhar neném e ficava de resguardo e não tinha quem cuidasse dos irmãozinhos... Nessas situações as crianças até dormiam lá em casa.

De repente a casa foi ficando com muitas crianças. E o trabalho para cuidar delas e manter tudo em ordem foi aumentando bastante. Vovó Benuta parecia que não se importava. Até gostava de tudo aquilo. Tinha sempre aquele sorrisão estampado no rosto. As mães ajudavam no que podiam. Havia, inclusive, um certo revezamento. Durante as manhãs era um grupo, e na parte da tarde outro grupo ficava por ali ajudando no que fosse preciso.

Mas aquela bagunça boa e animada só ia até sexta-feira. Sábado e domingo a Vovó Benuta dizia que só queria seus netos de verdade dentro de casa. As mães deveriam ficar com seus filhinhos nos finais de semana e passear com eles, aconselhava ela.

Nas segundas-feiras a partir das oito da manhã era um tal de entra e sai na casa da Vovó Benuta. O espaço foi ficando pequeno para tanta gente.

Os papais se reuniram e decidiram fazer numa parte do quintal (que era enorme!) uma pequena casa, só para crianças. Levaram um tempão trabalhando na nova casa, que ficou muito aconchegante. Casa de criança mesmo. Com bancos, mesas, camas e armários. Tudo pequeno e feito de cimento.

A casa ficou com uma boa sala e um quarto cheio de caminhas, uma ao lado da outra. Havia também um banheiro com chuveirinhos para os pequeninos e uma cozinha bem colorida e aconchegante para fazer a comidinha de todos. Parecia até casa de boneca.

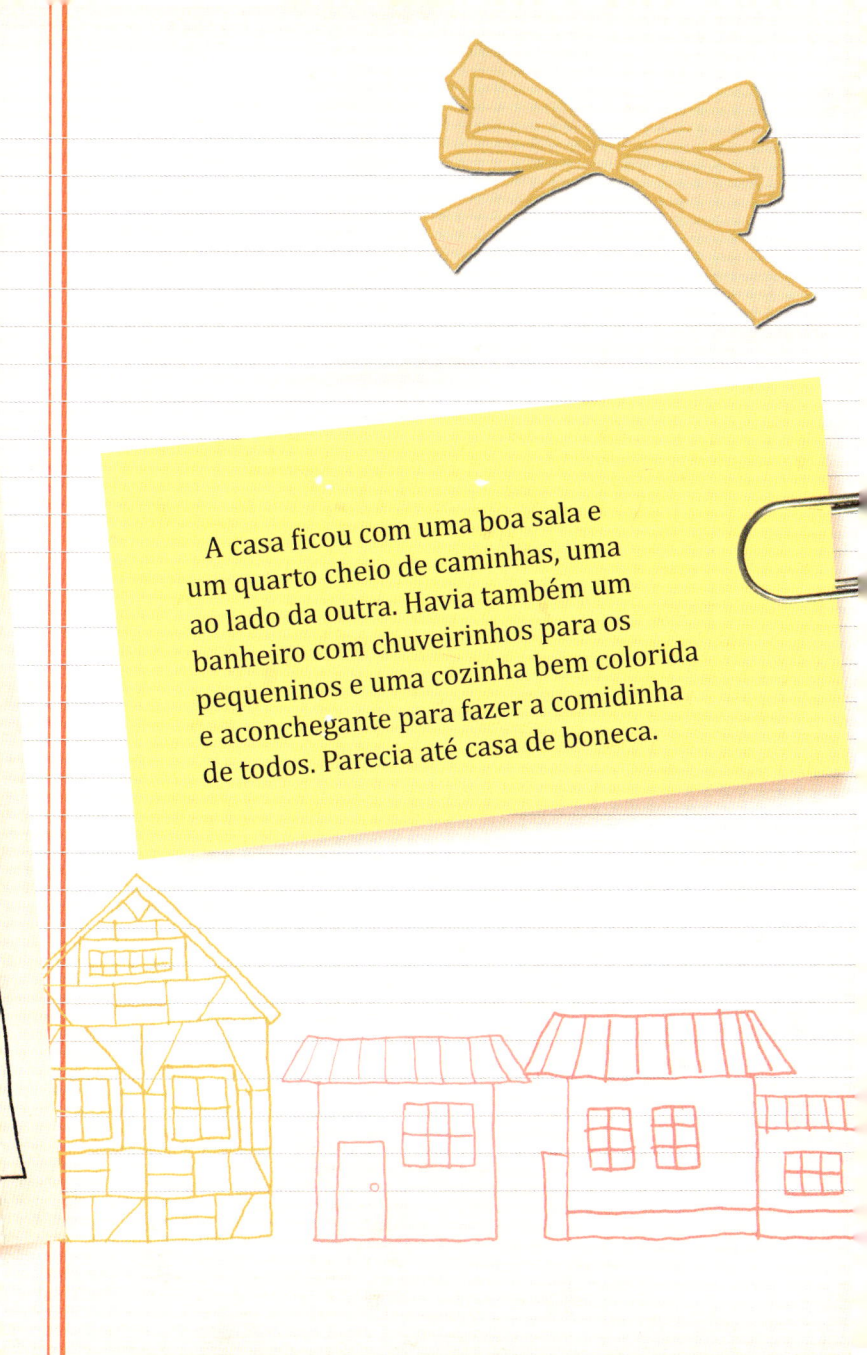

As crianças que chegavam lá em casa não queriam sair nunca mais. Algumas chegavam bem cedo. Iam para a escola e depois voltavam. As mães não sabiam o que fazer para agradar minha vovozinha. Davam presentes e frutas bonitas. Nem sempre Vovó Benuta aceitava os agrados, principalmente quando era em dinheiro. Ela sempre dizia que a alegria de uma criança era uma grande recompensa para ela!

Um dia um grupo de mulheres da Prefeitura procurou minha avó para conversar. Bateram palmas no portão e gritaram:
— Dona Benevenuta! Dona Benevenuta!

Minha avó, com cara de susto, atendeu aquelas mulheres.

As mulheres, muito bem-vestidas, falaram com Vovó Benuta de forma mansa, porém firme. Disseram que ela não poderia mais receber aquelas crianças em sua casa e cuidar delas do jeito que estava cuidando.

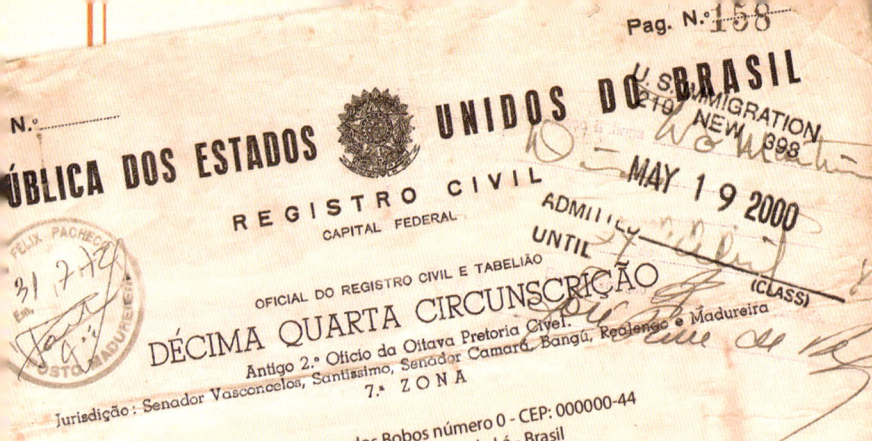

Caso ela quisesse continuar com aquela atividade em sua casa, precisava retirar uma autorização oficial da Prefeitura, pagar uma taxa e preparar alguns documentos para fazer o registro daquele tipo de trabalho. Era obrigatório ter autorização escrita de cada mãe para deixar os seus filhos ali. Se não fossem cumpridas todas as exigências em uma semana, ela poderia ganhar uma multa muito alta e ainda um processo na justiça. Minha avó disse que tudo que elas estavam vendo ali havia acontecido lentamente e de forma espontânea. Todas as mães daquelas crianças eram suas filhas, suas vizinhas e amigas. E todas confiavam nela e nas suas filhas. E a maioria daquelas mães ajudava nos afazeres para manter tudo funcionando da melhor maneira.

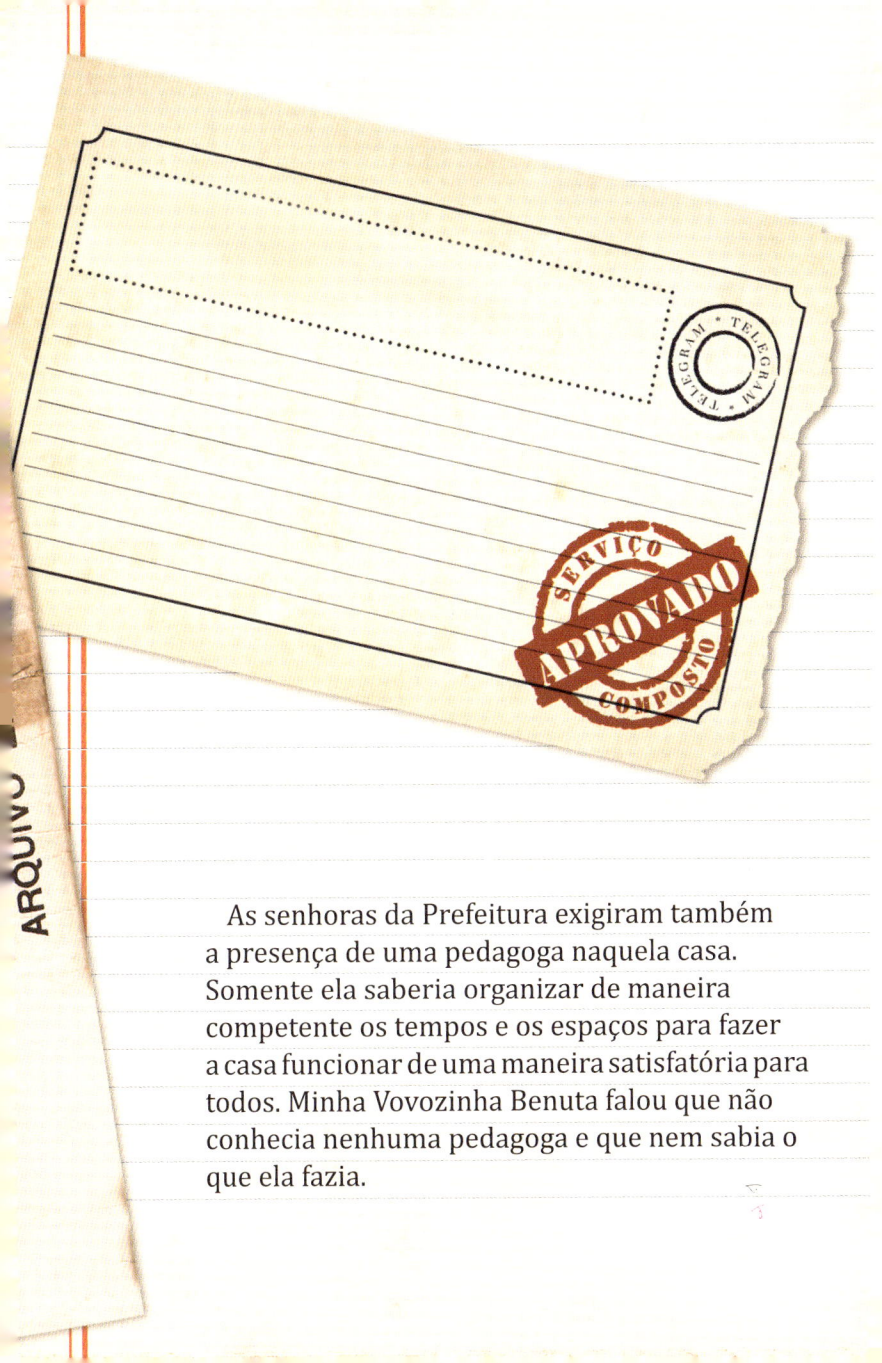

As senhoras da Prefeitura exigiram também a presença de uma pedagoga naquela casa. Somente ela saberia organizar de maneira competente os tempos e os espaços para fazer a casa funcionar de uma maneira satisfatória para todos. Minha Vovozinha Benuta falou que não conhecia nenhuma pedagoga e que nem sabia o que ela fazia.

Vi minha avó chorando enquanto conversava com as senhoras da Prefeitura e depois a ouvi chorando baixinho pelos cantos da casa...

Era criança e não entendi bem. Mas a tristeza da minha alegre avó me doeu lá no fundo.

Depois daquele dia nenhuma nova criança chegou para ficar na minha casa.

Muitas mães, com medo das mulheres da Prefeitura, não levaram mais as suas crianças para a casa da Vovó.

Ficamos na casa somente meus primos e primas, a filha da moça da padaria (que não teve jeito) e ainda os três filhos de um vizinho que ficou viúvo de repente e acabou, bem mais tarde, casando com a moça da padaria, que nunca teve marido. Foi com muita alegria que essas quatro crianças cresceram junto comigo e com os meus primos, e até hoje, de alguma maneira, a gente continua sempre por perto.

Às vezes fico pensando que fui a filha única mais cheia de irmãos do mundo! Minha mãe, diferente das minhas tias, não teve mais nenhum filho além de mim. Ela tomou a decisão certa de morar com a minha avó, com os meus primos e tios.

Com tanta gente junta os desentendimentos de vez em quando aconteciam. Afinal era uma casa de verdade, com sentimentos e pessoas de verdade! Os conflitos eram resolvidos com uma boa conversa. Vovó sempre tentava ser justa. Ela não defendia quem estava errado. As suas orientações eram sempre para o bem-estar comum. Pensar no coletivo foi mais uma lição que aprendi com minha avó!

Crescer naquela casa tão amorosa e com tantas crianças foi muito importante para mim. Acho que isso influenciou as minhas escolhas profissionais. Tomei gosto por crianças, por brincadeiras simples, por pessoas falando ao mesmo tempo. Até hoje fico emocionada quando vejo alguém desejando expressar as suas ideias para outras pessoas... Com todos esses gostos juntos, não teve jeito, virei professora logo cedo!

Tempos depois a vida me reservou uma surpresa. Confesso que nunca pensei nisso antes... Eu me tornei uma pedagoga! Ser pedagoga é ter um bom coração para escutar e acolher as pessoas. Esse é o sentimento que me acompanha no dia a dia do meu trabalho. Na verdade, estou apenas seguindo os caminhos da minha generosa Vovó Benuta.

Certa manhã acordei com uma ideia que me acompanhou durante todo o dia. Fui conversar com os meus primos-irmãos para saber a opinião deles. Estava pensando em transformar a nossa casa de infância numa creche para atender as mães que precisam trabalhar e não têm com quem deixar os filhos pequenos. Eles concordaram comigo porque, assim, poderíamos dar continuidade ao trabalho iniciado por nossa avó.

Afinal, o projeto espontâneo da vovó em manter uma creche funcionando em sua casa foi bruscamente interrompido. Depois de tantos anos, finalmente havia chegado a hora do sonho dela virar realidade! E agora tínhamos uma pedagoga na família!

Todos ficaram radiantes com a ideia e eu fiquei empolgadíssima! Primeiro começamos com uma grande reforma na casa.

A obra durou muito tempo! Depois compramos móveis coloridos e confortáveis. Criamos, ainda, um terraço para algumas atividades em dias de sol. Nenhuma árvore foi cortada! A nossa mangueira e a nossa goiabeira continuaram firmes, fortes e lindas enfeitando o quintal. Ah! E não esquecemos de pedir autorização à Prefeitura!

Com tudo pronto, alegre e organizado, inauguramos a "Creche Vovó Benuta". Vovó ficaria orgulhosa de ver o capricho que ficou a sua velha casa.

O dia da inauguração foi uma festa! Um grande acontecimento no bairro e especialmente para a nossa família.

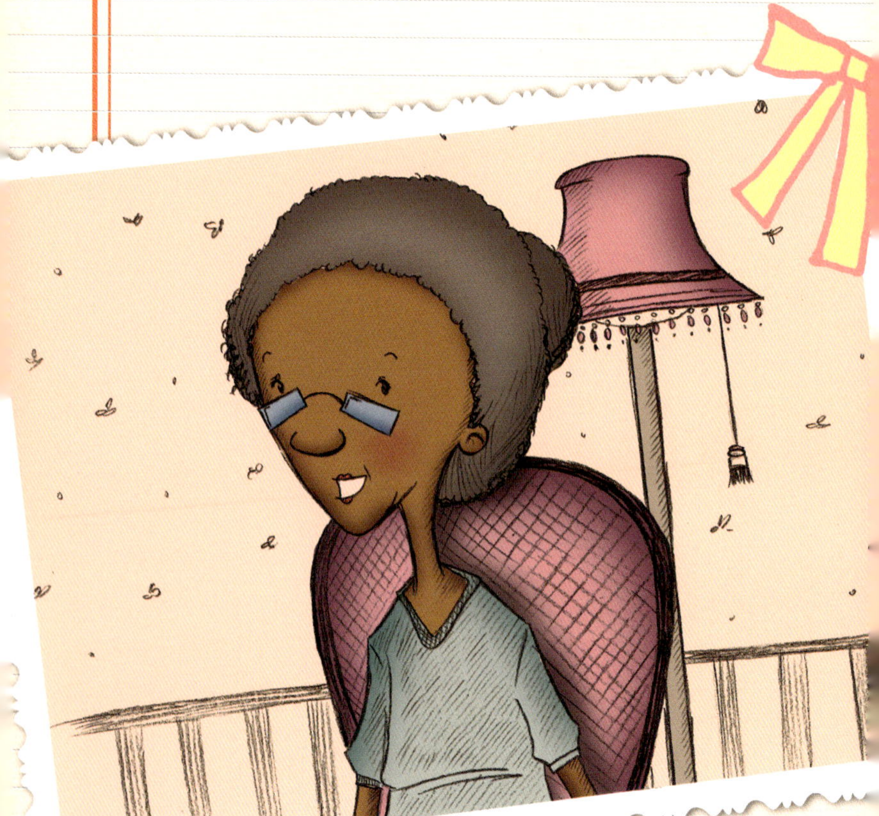

Logo na entrada da creche, colocamos o retrato da Dona Benevenuta, nossa vovozinha querida, com seu sorrisão e seus olhinhos brilhando de alegria.

Desejamos que todas as crianças e suas mães encontrem aqui um lugar de aconchego, carinho, respeito, segurança e muita alegria.

Como pedagoga e neta da Vovó Benuta tenho me dedicado muito para que esses desejos sejam atingidos todos os dias com cada criança.

Os sonhos nunca morrem, eles se renovam a cada instante...

Acredito em sonhos!
Minha avó me ensinou isto pra sempre...

Créditos das imagens:
pág 13- Drinks retrô © punksafetypin
pág 32/33/38/44 - Urso, laços, casinhas e bordado
© Design Parts Sourcebook:
Romantic A Collection of Images for
Artists and Designers By MdN Designs
pág 42/47 - Paper Dolls © Grace Drayton

Este livro foi composto na tipologia Cambria Regular.
Impresso em papel couché fosco 115g/m² na Yangraf.